JN026158

笑いあり、しみじみあり

シルバー川柳

長生き上手（じょうず）編

みやぎシルバーネット＋河出書房新社編集部　編

河出書房新社

本書は、宮城県仙台市で発行されている高齢者向けフリーペーパー『みやぎシルバーネット』に連載の「シルバー川柳」への投稿作品、および河出書房新社編集部あてに投稿された作品から構成されました。

投稿者はみな、六〇歳以上のシニアの方々です。『みやぎシルバーネット』への投稿者の多くは仙台圏在住の方ですが、それ以外の地方から投稿されている方もいます。また河出書房新社編集部へは、全国の皆さんが川柳をお寄せくださっています。なお作者の年齢は、投稿当時の年齢を記載しております。

手をたたき
お茶を欲しがる
チンパン爺(じい)

川添雅子（73歳）

お義母さま
それはクリニカ
ニベアこれ

木村鏡子（66歳）

ワクチンを「コロナうった」と言う夫

村上クレア（76歳）

婆(ばば)の膝(ひざ)
「なおれなおれ」と
紅葉(もみじ)の手

南田順子(66歳)

杖(つえ)ついて
眼鏡(めがね) 補聴器
走りたい

青木香織(81歳)

いい夢の
いい所で
足がつり

柏崎英子(81歳)

電話口
まだ生きてるよ
元気な声

唐沢孝子（88歳）

バカバカと
妻にしたのは
誰なのよ

渡辺勝江（85歳）

長電話
うろつく夫に
手で合図

菅原育子（75歳）

粗大ごみ
あなたのことよ
おまえもな

佐藤ふさ子（72歳）

「こないだなあ」婆ちゃん言うが五年前

島田正美（74歳）

冬眠も
永眠もあり
熊と婆（ばば）

専徒直子（85歳）

来春も
バラのトンネル
妻のため

村上重作（84歳）

古希の貌（かお）
これから毎日
眉（まゆ）をかく

松元ゆり子（69歳）

勝負服
名残り香放ち
役目終え

梶原幸子（82歳）

今だから
欲しいメッシー
アッシー君

篠原伸江（94歳）

バナナなら
食べ頃だけど
今の顔

柏崎英子（82歳）

いつだって
陽水聴けば
オレ二十歳(はたち)

伊藤善治(71歳)

昼下がり
故人ばかりの
時代劇

馬場正芳(69歳)

汗かいて
ほしたパジャマも
O脚だ

久慈レイ（94歳）

あきれてる
急な老化に
びっくりポン

浜村一枝（80歳）

障子貼り
互いに上手い！
サァお茶だ！

加藤宏子（85歳）

九十四
頭軽くて
前のめり

白木幸典（94歳）

帽子取り
頭透け透け
おお寒い

安原義富（81歳）

禿げ頭
私はスキよ
清潔で

三浦多か子（75歳）

鏡には
責任がない
頭の毛

中鉢紀雄（81歳）

何が好き
白いご飯と
さんまだよ

唐沢孝子（88歳）

ガラクタを
始末しますと
妻が言う

爺倒れ
葬儀場か医師か
嫁迷い

俺(おれ)抜(ぬ)きの
家族会議が
あったらし

3句とも、金丸典男（92歳）

特集　節約の達人

不況もバブルも生き抜いてきた！
ますます波高い世の中をひょうひょうと泳ぎ切る
シルバーの知恵と底力。

音(ね)を上げず
湯たんぽ活かす
元気妻

澁谷 堯(76歳)

節電で
猫をみんなで
奪い合い

野澤裕子(80歳)

食べたいが
横目で過ぎる
刺身棚

大岩京子（86歳）

白菜と
豆腐だけでも
鍋は鍋

瀬戸睦子（74歳）

モノ値上げ
小遣い値下げ
オレ音（ね）あげ

菅原角一（81歳）

われ仙人
値上げ分は
かすみ食べ

秋葉秀雄（76歳）

下げますよ！
セールの言葉
待つたのし

小島晴光（80歳）

下がるはず
買わずに待つよ
根気よく

木村尚美（71歳）

もう何度も
超えてきたのよ
物価高

本郷祐子（81歳）

買い物は
値札のチェック
メガネ持つ

安藤恵子（78歳）

蟹鍋に
カニカマ泳ぐ
物価高

松山敬子（82歳）

乗り切れる
私は稀代の
倹約家

阿部律子（71歳）

無駄はぶき
早寝早起
テレビ消せ

鹿又和子（82歳）

五円でも
金のなる木を
育てたい

西川宜孝（84歳）

何こわい
値上がりこわい
でも食わにゃ

田中俱子（86歳）

物価高
トーフとメザシ
最高よ

難波豊子（81歳）

それならば庭に芋でも植えましょうか

堀越由紀子（69歳）

また飾る
奥から出した
鏡餅

紙谷義和（73歳）

食糧難
削って食べた
かびた餅

遠藤英子（86歳）

特集 節約の達人

手料理で値上げを煮込む妻の腕

大場敬（85歳）

婆(ばあ)ちゃん
栗ごはんだよ！
孫が来る

大友敏子（88歳）

じじばばの
通帳見せてと
孫が言う

大西宏明（84歳）

千円で
跳ねて喜ぶ
孫の笑み

山岸文子（79歳）

冷戦中
神風が吹き
孫が来る

近藤圭介（70歳）

あら失敗
孫に祝いを
やり過ぎた

浅利勝志（82歳）

羞恥心（しゅうちしん）
芽生える孫と
失せる爺（じい）

島田正美（74歳）

エアコンは
孫来る日だけ
使用可に

鈴木武志（74歳）

あきらめろ
太って着れない
服捨てる

熊谷みよ子（74歳）

腸美人と
医者にほめられた
ブス女

平山眞砂子（88歳）

シミを消す
無料お試し
爺（じい）なしょ

尾崎サカエ（91歳）

ボケるなと
一日一度
妻の声

山本智志（84歳）

妻投げる
俺拾う
ナイスバッテリー

阿部弘（80歳）

おとうさん
「何だよ」あのね
云っただけ

山内賀代（92歳）

携帯を
固定電話で
また捜し

島田正美（74歳）

ワイファイが
飛んでると言う
「エッどこに」

村上クレア（76歳）

ああだめだ
スマホ変えたい
ガラケーに

中田富士雄（88歳）

スマホから
「予定の時刻」と
農作業

安原義富（81歳）

またやった
補聴器付けて
風呂の中

久保山佳明（81歳）

半分も
聞こえないけど
返事する

杉本善彦（77歳）

難聴は
たまに聞こえる
気をつけよ

林 勝義（78歳）

朝寒に
頂きスカーフ
耳に巻き

菅井安子（91歳）

育毛剤
信じてもみ込む
朝と晩

斉藤恵美子（95歳）

美容液
心躍らせ
挑戦よ

尾崎サカエ（91歳）

秋風へ
少し長めの
髪にする

高橋知杏（93歳）

残業も
飲み会もない
退屈さ

近藤圭介（70歳）

やきもちを
やかれた頃が
華だった

西川宜孝（83歳）

酔えばまた
痒ゆ痒ゆ始まる
俺の肌

久保山佳明（81歳）

嫌だねぇ
女性と見れば
追いかけて

松田瞭子（96歳）

ゴミの日に
そのうち俺も
捨てられる

菅野宏司（90歳）

ボケジジイ
心の中で
ボケババア

古庄正壽（90歳）

別れたい
ついに決行
よい老後

松田暸子（96歳）

目覚ましの
はるか手前で
起きる老い

近藤圭介（70歳）

つまずくが
スターみたいに
着地する

大友寛子（85歳）

死んだ気で
やれば死ぬかも
知れぬ歳（とし）

島田正美（74歳）

化粧前
宅急便にも
出ない妻

堀江喜代彦（74歳）

片付けたい
燃えないゴミの
古女房

甲斐義廣（74歳）

もうあなた
無しでも平気
貯めたから

梅田真繁（86歳）

モノ惜しむ
爺とサラリと
捨てる婆

岡本幸子（81歳）

断捨離の
標的一番
俺の物

浜野享吾（88歳）

みな捨てる
入れ歯とお金
あればいい

阿部澄江（68歳）

福お願い！
子らにもらった
招き猫

門 奈雅子（82歳）

プレゼント
贈る相手は
犬と猫

阿部澄江（68歳）

愛犬の自慢はじける整骨院

増永祥子（78歳）

どこへ行く？
いつ帰るんだ？
晩飯は？

山本智志（84歳）

「座るのよ」便座に妻の指示メモが

本田哲祥（62歳）

初夢は
まぶしい昭和
手をつなぎ

次の世こそ
強くハグされ
名で呼ばれ

のめり込んだら
えぐられもした
恋の磁場

そのまさか
老いてから来た
もつれ系

4句とも、長谷川幸子（88歳）

七〇歳
昔老人
今若造(わかぞう)

石川 博(69歳)

朝陽さん
がんばれがんばれ
元気くれ

小野寺みつ子(75歳)

この一年
図書館通い
二百冊

西ヶ谷美蔵（78歳）

ジョギングで
残る若さを
確かめる

大畑廣起（73歳）

二十歳の
八重歯も今は
ただの牙（きば）

大橋庸晃（77歳）

髪型を
変えたらなんと
和田アキ子

加藤信子（73歳）

なぜ笑う
ほんとに婆（ばあ）は
もてたのよ

勝又千恵子（81歳）

一物は
排泄だけの
ものとなり

佐々木愿一（83歳）

雪やまず
湯気立つ尿で
溶かす朝

柳村光寛（70歳）

今はもう
アバタはエクボに
見えません

結城勝子（78歳）

カピバラの
ように目を閉じ
湯に浸（つ）かる

柳村光寛（70歳）

早起きは
三文よりも
もっととく

田中俱子（86歳）

通販の
あと30分！で
つられ買い

及川光子（79歳）

断捨離(だんしゃり)なし
家ごとすっかり
捨ててくれ

浅利桂子(78歳)

物欲は
かなり減ったが
カネ欲しい

村上泰子(82歳)

九〇歳以上の川柳の部屋

～あっぱれ！人生の大先輩～

ときどきぼやきも出るけれど、
一〇〇歳になっても新しいこと！
この瑞々しさにあやかりたい、
あっぱれ長生き上手の部屋。

百一歳
童（わらし）と同じ
ほど食べる

磨くたび
お陰と思う
総入れ歯

2句とも、服部万吉（101歳）

五回目の
ワクチン予約
まだ生きる

町田猶子（93歳）

百一歳
遅くはないぞ
モールス習う

服部万吉（101歳）

よく動く
これがコツです
百の元

塚原武晴（102歳）

百歳の
本を手本に
日々暮らす

町田猶子（93歳）

逝(い)く前に
捨てにゃならない
フミがある

山本敏行（96歳）

断捨離(だんしゃり)で
初恋レター
残し置く

尾崎サカエ（91歳）

あれミイラ
私は土偶
ホームの湯

谷口信子（92歳）

家の中
掴まれるとこ
みな掴む

波多野安子（97歳）

転んだら
自力じゃ立てぬ
このスリル

山本敏行（97歳）

怪物の
ババァーと医師が
ぶったまげ

あの世では
母が年下
困っちゃう

2句とも、岩見弥生（94歳）

朝の事
思い出したら
夜だった

森下としへ（95歳）

年いくつ
急に聞かれ
背が伸びる

服部喜栄子（94歳）

プレゼント
着て行く所
デイしかない

桜井安子（96歳）

里帰り
娘二人も
ばあになり

森下としへ（95歳）

ジジとババ
娘も加わり
老人ホーム

波多野安子（97歳）

目がさめた
生きていたんだ
何しよう

元気かな
ためしに
ビール飲んでみる

2句とも、下原田リツ子（74歳）

腹が邪魔
何踊っても
ほぼチーク

ダメージ系
着ずともすでに
顔がそれ

防虫剤
「終わり」「替え時」
妻連想

ピザ店の
「二枚目ただ」に
嫉妬する

4句とも、中沢民雄（69歳）

紅葉を
ドローンに乗って
全国へ

権藤静子（72歳）

クラス会
孫 ペット 病名が
輪の中心

近江孝夫（74歳）

一つ持ち
一つ忘れて
帰る友

加藤敏子（74歳）

友からの
おかず一品
元気でた

鈴木昌子（78歳）

喜寿の友
あっぱれ富士登山
叶（かな）えたり

結城勝子（78歳）

水中の光を編(あ)んで平泳ぎ

鎌田京子（80歳）

献血で
騒ぐ血全部
捨ててくれ

松本富雄（85歳）

ひ孫来た！
つえほうりなげ
走る母

古川寿美（66歳）

息子孫よ
甘く見るなよ
婆(ばあ)の勘

五十嵐かつ江(78歳)

コマーシャル
釣られてなるか
テレビ消す

柏崎英子(82歳)

荷の中の
里の新聞
懐かしき

小高辰子（86歳）

ゴミ箱で
薬飲んだか
確かめる

大口克子（71歳）

妻退院
リンゴむく指
細く見え

三浦敏郎（81歳）

夫逝き(いき)
大量の健康サプリ
処分する

鈴木良子(79歳)

救急車
まさか夫(うち)かな
急ぐ道

長谷川誠子(74歳)

嬉しくて
取らずに見てる
蕗(ふき)の薹(とう)

鹿野恵子(79歳)

別腹が
身体の中に
いくつある

斉藤静子（81歳）

健康が
大事ケチらず
肉を食べ

今野弥生（66歳）

レシピ見て
夢中で作るも
自分味

関 悦子（77歳）

口すごい！
食べる話すの
二刀流

坂部宏子（81歳）

朝の窓
開けて大空
まず食べる

天野ハル（90歳）

国葬費
十六億円
俺はゼロ

久保山佳明（81歳）

死ぬのイヤ
生かされるのも
もっとイヤ

梅田真繁（86歳）

悲しさと
愛憎丸めて
棺に入れ

塚原武晴（102歳）

病室の窓より初日（はつひ）撮る夫

今野弥生（66歳）

かつてみた
老婆の姿
今は我(われ)

西本佳美(79歳)

悪かった
亡母に断捨離(だんしゃり)
言い過ぎた

今野美智子(80歳)

捨てられぬ生き様綴(つづ)った日記帖

小野幸子（84歳）

昔の流れ星
ふわふわしてた
しっぽがあった

今井慶子（88歳）

天体ショー
信長も見た
我等（われら）もね

及川裕子（75歳）

真近かな
冥土の旅も
くたびれた

加藤セツ子（92歳）

若いねと
九十歳に言う
九十五歳

鈴木かつ子（73歳）

あれほどの健康オタクなぜ逝(い)った

佐々木眞智子（78歳）

朝顔の青紫に母想(おも)う

目黒いつ子（73歳）

葬式の
立派さ知らぬ
逝(い)った人

近藤圭介（70歳）

有名人で
なくてあっさり
済む葬儀

門馬旭（88歳）

棺桶に
何も入れるな
綺麗好き

近藤圭介（70歳）

不眠症？永眠すれば治ります

岩尾邦昭（77歳）

年賀出し
音信なきは
蓮の花

尾崎サカエ（91歳）

人生半分
捧げた仕事も
懐かしく

熱海三枝子（87歳）

エリザベス見習いたいな終わり方

増永祥子（78歳）

河出書房新社「シルバー川柳」編集部

編集部には、日々たくさんの作品ご投稿はがきやお手紙が届きます。作品に添えられたメッセージから、皆さんの日常が垣間見えてとても愉しい！　今日は、お父さんがシルバー川柳の愛読者という息子さんからいただいたお手紙をご紹介します。

「昨年末、父が脳梗塞で倒れ、後遺症で左目が見えなくなりました。細かい字は駄目。長文はムリ。そんな折、地域の方からシルバー川柳が回ってきました。そうしてリハビリ中の現在、父の本棚にはシルバー川柳が全巻。ジジィ川柳、ババァ川柳の本も並んでいて、何やら角が折られているページもあります（笑）。また九〇歳以上の方が激しく共感（？）するという超シルバー川柳の本も。父が超シルバー川柳に激しく共感して本棚に並べる日が来たらなあ、と思っています。父はシルバー川柳の次号を首を長くして待っています。」

Ｈ・Ｄさん、嬉しいお手紙、ありがとうございました！　本シリーズが皆さんの暮らしの笑顔や活力につながっていると想像でき、編集作業にも力が湧きます。本書に挟み込まれているチラシにてご案内していますが、シリーズのバックナンバー本も電話通販で販売中です。1冊読んでシルバー川柳の楽しさにハマったら、ぜひ既刊の傑作選も読んでみてくださいね。

お次は93歳K・Yさんの作品初投稿に添えられていたコメントより。「上京以来90年ほど。何一つ知らない無学の人間ですが、貴社の本をみて自分もやれるのかと考え、考え作ってみました。続けていけるのか、これで終わりでも構いません。残り少ない人生、よろしくお願いします」

何を仰いますやら！　人生に「始めるのが遅すぎること」はないそうですよ。シルバー川柳で脳と心を活性化し、おおいに笑いながら「長生き上手」になっていきましょう。

ページ数に限りがあり、皆さんの作品をすぐに載せきれず申し訳ありません。気長に次号もお待ちいただければと思います。また次の傑作選でお会いしましょう。

うそばっかり どれが本音か 我に聞く
74才 まだ乙女？

S.R さん（74 歳）より。
ええ、ええ！ 74 歳はまだ乙女ですよ♪

【編者あとがき】

『みやぎシルバーネット』編集発行人　千葉雅俊

　もっと笑顔になっていただきたい、老いの本音を聞かせていただきたい、作品が掲載される喜びを味わってほしい……。そんな思いから川柳の公募を始めたのが一九九六年。河出書房新社さんに書籍化していただくようになってからも、一〇周年を迎えるまでになりました。誠にありがとうございます。

　長く続けてこられただけに、シワやら何やらが投稿者の皆さんも選者である筆者も増えてきましたねぇ〜。とは申しましても、シルバー川柳というジャンルにおいては若手に当てはまっていた六十代の方々が、時を経て八十代を迎えられても多くが投句を続けてくださっています。川柳にとって年齢を重ねることは、プラスになることばかり。たとえば、物忘れなどの失敗談には事欠かず、便利な介護機器との出会い、ひ孫の誕生、花や野鳥や夕陽といった自然がより身近に感じられたり、老人ホームでの新鮮な出来事も加わって作品の味わいを深めてくれます。老いることを前向きに楽しむ、そんな気持ちにさせてくれるところも川柳の素晴らしいところなんでしょう。

投句者の顔ぶれも、よりバラエティ豊かになっています。放送局OB、銀行OB、教員OB・OG、商社OG、看護師OG、介護施設で出会ったお仲間が競い合ったり……。ドクターも仲間入りされています。熱心な投句者であった患者さんから勧められたのがきっかけだそう。待合室に置かれるようになった小紙を手に患者さんたちまでクスクス……。やはり投句者である生徒さんから勧められたという歌い手の女性は、リズム感あふれる秀作を次々生み出されています。そうそう、ご近所に小紙を配り回りながら投稿者の輪を大きく広げてくださっていた男性がいらしたのですが、その義理の娘さんが投稿デビューを果たしてくださったことも最近の嬉しい出来事でした。

年齢と共に変わりゆく老いの風景、人と人とのきずなにもお力をいただきながら、これからもシルバー川柳を盛り上げていきたいと思います。ご応援、よろしくお願いいたします。

60歳以上の方のシルバー川柳、募集中！

ご投稿規定

- 60歳以上のシルバーの方からのご投稿に限らせていただきます。
- ご投稿作品の著作権は弊社に帰属します。
- 作品は自作未発表のものに限ります。
- お送りくださった作品はご返却できません。
- 投稿作品発表時に、ご投稿時点でのお名前とご年齢を併記することをご了解ください。
- ペンネームでの作品掲載はしておりません。

発表

今後刊行される弊社の『シルバー川柳』本にて、
作品掲載の可能性があります（ご投稿全作ではなく
編集部選の作品のみ掲載させていただきます）。
なお、投稿作品が掲載されるかどうかの個別の
お問い合わせにはお答えできません。何卒ご了解ください。

あなたの作品が
本に載るかもしれません！

ご投稿方法

- はがきに川柳（1枚につき5作品まで）、郵便番号、住所、氏名（お名前に「ふりがな」もつけてください）、年齢、電話番号を明記の上、下記宛先にご郵送ください。
- ご投稿作品数に限りはありませんが、はがき1枚につき5作品まででお願いします。

〈おはがきの宛先〉

〒151-0051
東京都渋谷区千駄ヶ谷2-32-2
（株）河出書房新社
編集部「シルバー川柳」係

みやぎシルバーネット

一九九六年に創刊された高齢者向けのフリーペーパー。主に仙台圏の老人クラブ、病院、公共施設等の協力を得ながら毎月三五〇〇〇部を無料配布。高齢者に関する特集記事やイベント情報、サークル、遺言相談、読者投稿等を掲載。

https://miyagi-silvernet.com

千葉雅俊 『みやぎシルバーネット』編集発行人

一九六一年、宮城県生まれ。広告代理店の制作部門のタウン紙編集を経て、独立。情報発信で高齢化社会をより豊かなものにしようと、高齢者向けのフリーペーパーを創刊。シルバー関連の講演会などの活動も行う。選者を務めた書籍に『シルバー川柳』『超シルバー川柳』シリーズ（小社）、『シルバー川柳　孫へ』（近代文藝社）。著書に『みやぎシニア事典』（金港堂）などがある。

ブックデザイン　GRiD

編集協力　毛利恵子（株式会社モアーズ）
忠岡 謙　（リアル）

写真　ピクスタ　iStock

Special thanks　みやぎシルバーネット「シルバー川柳」読者、投稿者の皆様。
河出書房新社編集部に投稿してくださったシルバーの皆様

笑いあり、しみじみあり
シルバー川柳　長生き上手編

二〇二三年五月二〇日　初版印刷
二〇二三年五月三〇日　初版発行

編者　みやぎシルバーネット、河出書房新社編集部
発行者　小野寺優
発行所　株式会社河出書房新社
〒一五一−〇〇五一
東京都渋谷区千駄ヶ谷二−三二−二
電話　〇三−三四〇四−一二〇一（営業）
〇三−三四〇四−八六一一（編集）
https://www.kawade.co.jp/
組版　GR・D
印刷・製本　図書印刷株式会社

Printed in Japan　ISBN 978-4-309-03105-7

次号予告

次の 第22弾 シルバー川柳本は 2023年8月ごろ 発売予定です！

次巻もお楽しみに♪
バックナンバーも好評発売中です。
〜くわしくは本書の折り込みチラシをご覧ください〜